Oscar Dunn

L'union des catholiques

Antigonos

Oscar Dunn

L'union des catholiques

Réimpression inchangée de l'édition originale de 1871.

1ère édition 2024 | ISBN: 978-3-38814-498-6

Antigonos Verlag est une marque de Outlook Verlagsgesellschaft mbH.

Verlag (Éditeur): Outlook Verlag GmbH, Zeilweg 44, 60439 Frankfurt, Deutschland, info@outlook-verlag.de
Vertretungsberechtigt (Représentant autorisé): E. Roepke, Zeilweg 44, 60439 Frankfurt, Deutschland
Druck (Imprimerie): Libri Plureos GmbH, Friedensallee 273, 22763 Hamburg, Deutschland

L'UNION

DES

CATHOLIQUES

PAR OSCAR DUNN.

MONTREAL:

IMPRIMERIE DE " L'OPINION PUBLIQUE."

1871.

Ces courtes pages ont été écrites sans esprit de parti ;
elles sont une œuvre de conscience. Je n'ai pas été mêlé
à la discussion qu'a fait naitre le " Programme Catholique ; "
mais comme tout le monde je l'ai suivie avec anxiété, et
comme tout le monde j'ai vu qu'elle a porté atteinte au
prestige du clergé et à la force du parti catholique. Or le
mal prendrait des proportions effrayantes pour nous si la
discussion renaissait dans la législature de Québec, ce dont
nous sommes menacés, d'après ce qu'on dit, et cette perspective impose à tout homme de cœur qui fait profession
d'écrire, si peu qu'il soit, l'obligation de travailler à pré-
venir un pareil malheur. C'est ce que j'ai voulu faire en
demandant avec instance que désormais l'on se consulte
avant d'agir.

J'ignore si l'on me niera le droit de parler de la sorte
et si l'on va dire encore que j'insulte les deux évêques
qui ont patronné le " Programme Catholique ; " mais je
sais bien que je suis tout prêt à endurer de nouvelles
attaques. L'écrit que voici a reçu, avant d'être livré à
l'impression, l'approbation de personnes assez compétentes
pour me rassurer sur sa valeur morale.

L'UNION DES CATHOLIQUES.

———

I.

Notre époque est par excellence celle des associations, des coalitions. L'*union fait la force* est de nos jours une devise banale que tout le monde cherche à mettre en pratique, et cela, surtout en Amérique. A proprement parler, il n'y a pas de nation sur ce continent ; il n'y a que des peuples formés de divers groupes nationaux qui ne se sont pas encore fusionnés. Nous n'avons point ici de peuple qui, sorti du berceau de la barbarie, se soit élevé graduellement par l'étude et les idées morales jusqu'aux sommets de la civilisation. L'émigration a jeté sur nos rivages des citoyens faits, en pleine possession de la science et du dogme, rompus à la vie publique, ayant des principes arrêtés sur la société, sur le gouvernement, sur la liberté, en un mot sur toutes les grandes choses que le citoyen doit savoir, possédant de plus des traditions historiques, ayant des mœurs particulières, une religion, tout ce qui met au cœur de l'homme le préjugé, la haine comme l'affection et l'enthousiasme. Chacun est arrivé ici avec sa civilisation propre, avec ses préférences nationales et ses animosités religieuses, et si tous ont pu vivre en paix, c'est que, d'une part, l'intérêt, le désir d'amasser fortune commandait la tranquillité, et que, d'autre part, la jouissance d'une liberté sans bornes compensait amplement, pour des hommes habitués à toutes les restrictions du régime européen, la répugnance de vivre en contact avec des adversaires traditionnels.

Si le courant de l'émigration s'était arrêté, si les premiers colons de l'Amérique avaient été laissés à leur développement naturel, tous les éléments divers qu'ils représentaient auraient fini sans doute par s'harmoniser et se confondre dans un caractère unique, dans une seule et même aspiration générale ; mais il n'en a pas été ainsi : loin de là, chaque vaisseau a continué d'amener parmi nous de nouvelles recrues, qui apportaient avec elles et leurs préjugés, bons ou mauvais, et leurs habitudes de vie publique. Chaque groupe a vu de la sorte ses rangs grossir de jour en jour ; c'était autant de tronçons populaires gardant la même sève de vie, le même fond d'idées que la nation dont ils provenaient, et si l'avenir n'avait tant de promesses, si la préoccupation de " faire de l'argent " ne primait toutes les autres, si l'espace n'était aussi vaste sur ce continent pour toutes les ambitions, un conflit n'aurait pu manquer de surgir entre des hommes que leur passé avaient faits ennemis. Mais celui qui fouille les entrailles de la terre pour en tirer de l'or songe-t-il à se demander si son voisin prie Dieu comme lui ou s'il est d'une nation ennemie de la sienne ? Que lui importe ? il cherche de l'or.

Ces diverses nationalités ont donc pris bien vite leur parti d'un pareil état de choses ; elles ont pensé que le soleil d'Amérique luisait pour tout le monde, et se sont décidées à vivre en paix les unes avec les autres, à travailler en commun à la grandeur de la nouvelle patrie, tout en conservant chacune leurs traditions particulières. De là toutes ces associations que nous voyons se perpétuer autour de nous. Partout on se recherche, on se rallie, on s'unit. On s'unit pour propager le protestantisme, on s'unit pour faire triompher la libre-pensée, on s'unit pour faire prédominer tel ou tel principe dans la législature, on s'unit pour toute espèce de projets.

Devant ce spectacle de tant de ligues différentes, très-légitimes chacune à son point de vue, on est porté à se demander si les catholiques du Bas-Canada s'unissent, eux aussi. Or, il est notoire que dans le moment nous sommes très-divisés.

Plus que les autres, pourtant, nous avons besoin d'union. Entourés comme nous le sommes d'une population renfermant des sectes multiples qui nous sont hostiles, en quelque sorte, par état ; isolés comme catholiques, puisque nous ne recevons aucun aide matériel ni moral du puissant clergé des Etats-Unis, à cause de la différence du langage et de l'organisation sociale des deux pays, l'instinct de notre conservation nous conseille de ne point nous diviser, mais de former plutôt une seule phalange compacte pour résister à la pression lente et continue d'un ennemi supérieur par le nombre, par le prestige de la fortune, par l'influence politique. Au point de vue national, cette union n'est pas moins nécessaire. Etre Français, être catholique, c'est tout un dans notre province. Diviser les rangs catholiques, c'est diviser les rangs français ; c'est, par conséquent, un acte de lèse-nationalité.

Si j'écrivais un article politique, je dirais encore que diviser les catholiques, c'est diviser le parti conservateur.

Même au milieu de nous, il existe une école dangereuse, dont les disciples sont peu nombreux, à la vérité, mais très-actifs, très-entreprenants, et le moyen pour nous de lui faire échec n'est pas de former deux camps en conflit sous le même drapeau. Cette école est d'autant plus à craindre que l'industrie moderne, en supprimant les distances par la vapeur et l'électricité, donne aux idées fausses qui courent l'Europe un accès plus prompt chez nous. Je ne dis pas que nous soyons menacés de l'invasion du Communisme ou du *Pétrolisme ;* je constate seulement que, vu notre propension bien connue à prendre les idées et les mots des auteurs français, le foyer du rationalisme canadien se trouve en France, et que les facilités de l'alimenter se multiplient par la rapidité de nos communications avec l'étranger, ce qui nous oblige à une surveillance d'autant plus attentive.

Comment se fait-il donc qu'ayant un tel besoin d'être unis, nous le soyons si peu actuellement ?

II.

Le secret de nos divisions n'est pas impossible à trouver. D'abord, dans une petite société comme la nôtre, les disputes sont faciles. Tout le monde se connaît, se coudoie, se heurte ; on s'observe et l'on se jalouse mutuellement. Comparés à une grande nation, nous sommes ce qu'un village est à une ville : un centre de querelles. N'est-il pas vrai, d'ailleurs, que notre caractère même nous porte à la chicane ? Nous sommes Normands ; nos pères venaient presque tous de la Normandie, cette terre classique des plaideurs. Un certain nombre d'entre nous sont Bretons. Les Bretons sont des braves, mais on a coutume de dire qu'ils peuvent enfoncer des clous avec leur tête. De Normand à Breton, la discorde surgit comme un champignon, et s'éternise.

Ensuite—mais ici j'espère que mes paroles ne seront pas mal interprétées — la nature même de notre croyance catholique nous entraîne à être exclusifs dans les choses qui se rapportent aux matières religieuses. Catholiques, nous possédons la vérité, nous le savons, nous en avons la certitude, ce qui nous donne dans nos convictions une sécurité, une assurance que d'autres, moins fortunés, recherchent en vain : de là à l'opiniâtreté, à la raideur, puis au manque de charité et au mépris de la liberté d'autrui, lors même que le doute est permis, la pente est facile à la faiblesse humaine, surtout pour ceux qui s'adonnent à l'étude et que leur caractère dispose à être entiers, absolus dans leurs idées. On prend facilement l'habitude de porter en toutes matières la même foi ardente et inflexible. On puise la vérité à sa source, l'Eglise, on se l'incorpore, on la prend pour point de départ des raisonnements sur les questions douteuses, et ici on croit ce que laisse voir la logique naturelle, mais aussi fermement, aussi exclusivement que les choses nécessaires : c'est un défaut ; il empêche de respecter l'opinion contraire, qui est licite, et conduit aux personnalités dans la discussion. Ainsi peut s'expliquer la vivacité de certaines polémiques soutenues par des prêtres. Le prêtre a des convictions, tandis que dans le monde on n'a souvent que des opinions, et s'il pèche par excès sous ce rapport, avouons que c'est bien la plus respectable des fautes.

Cet écueil, on le comprend, est dangereux surtout lorsque la
politique, quelque difficulté accidentelle, quelque intérêt particulier vient passionner les esprits, et l'on sait que la politique,
une certaine difficulté et un certain intérêt sont également trois
grandes causes de nos divisions; mais je demande la permis-
sion de n'en rien dire davantage.

Signalons plutôt un autre danger, je veux parler de la confusion que l'on fait de nos affaires avec celles d'Europe. En général dans tout ce que l'on écrit, on oublie trop que nous
sommes ici en Amérique, et que les conditions de notre vie politique ne sont pas les mêmes que pour les peuples du vieux
monde. Sans doute, les grandes batailles d'idées qui se livrent
de l'autre côté de l'Atlantique ont leur écho dans notre patrie;
mais c'est un peu notre faute : il est vrai que les hommes sont
à peu près les mêmes partout et tournent dans les mêmes
cercles, qu'ils n'élargissent qu'au prix de mille travaux; mais
il y a des faits existants, certaines différences essentielles dans
le caractère de nos luttes que nous méconnaissons injustement,
au préjudice de l'harmonie entre les catholiques canadiens.
Par exemple, la similitude entre un conservateur de France et
un conservateur du Canada est loin d'être parfaite, puisque
ce dernier est partisan de toutes les libertés du régime parle-
mentaire : à ce titre on l'appellerait plutôt libéral dans le
langage politique de la France. Ce mot *libéral* lui-même n'a
pas une signification identique sur les deux continents. En
France il implique l'idée de libre-pensée, d'insubordination
envers l'autorité religieuse, et dans cette acception on peut l'appliquer à une classe d'hommes politiques canadiens : mais doit-
on l'employer, je le demande, avec le même sens pour désigner
le grand nombre de ceux qui, dans notre pays, font de l'oppo-
sition au parti conservateur sans pour cela cesser d'être d'excel-
lents catholiques? En justice pour tout le monde, nous devrions donc avoir trois mots pour nommer les partis qui se
disputent notre arène politique : *conservateur, radical, libéral,*
et le mot *libéral* n'aurait plus alors rien de choquant pour les
oreilles des catholiques. La langue des partis en France ne
nous convient pas dans tous ses détails, à cause de la différence
de notre état social. Toutes les sociétés américaines sont des
démocraties civiles et politiques en même temps; en usant des
institutions parlementaires, nous pratiquons tous le libéralisme,
avec plus ou moins de restrictions suivant que nous

sommes conservateurs ou non, et cependant les Canadiens ne laissent pas d'être respectueux envers l'autorité et enfants soumis de l'Eglise, ne professent pas non plus la séparation de l'Eglise et de l'Etat. Nous sommes ultramontains en religion, libéraux en politique ; de sorte que notre libéralisme ne doit pas être assimilé à celui d'Europe, et ne saurait être défini " la négation de la liberté," comme dit Donoso Cortès, " la négation de Dieu," comme dit Ventura. C'est tout au plus à notre *radicalisme* que s'appliquerait cette définition. Mettons un terme à ce malentendu, à cette espèce de quiproquo, et nous aurons fait disparaître une grande cause de division ; car jeter des doutes sur l'orthodoxie du libéralisme en ce pays, ce serait éloigner de nous beaucoup de gens bien disposés, en donnant à entendre que la doctrine de l'Eglise est incompatible avec la pratique du meilleur des gouvernements. Le parti catholique doit se composer d'hommes partagés d'opinions sur les questions politiques, unis sur les questions religieuses.

Mais on nous parle surtout de *gallicanisme ;* c'est la grande affaire du jour. Il paraîtrait que la plupart d'entre nous ont fait du gallicanisme comme Monsieur Jourdain faisait de la prose, sans le savoir, et si l'on demande à quels symptômes on reconnait cette affection secrète, la réponse n'est pas bien facile. Tout ce qu'on peut dire, c'est que les électeurs qui nomment un député sans lui faire signer au préalable un certain passe-port, tombent dans ce détestable péché ; que les prêtres qui ne conseillent pas à nos législateurs de soulever le préjugé protestant contre nous par des réclamations retentissantes, commettent la même faute impardonnable ; que nos prélats qui ont, comme feu l'archevêque Baillargeon, par suite des mauvaises leçons du collége, une certaine prédilection littéraire et artistique pour un auteur nommé Bossuet,* sont malheureusement coupables de la même iniquité. On le voit, nous en sommes tous. Et dire que nous avons pu dormir tranquilles, étant couverts de cette lèpre !

Comment cette guerre à un gallicanisme imaginaire a-t-elle pu originer, si ce n'est, à part les intérêts particuliers qui avaient besoin d'être abrités derrière un principe imposant, par la confusion constante de nos affaires avec celles des autres ?

* Voir le *Nouveau-Monde* du 16 août 1871.

On a vu que Louis Veuillot criait fort contre les catholiques-libéraux et les gallicans, et comme M. Veuillot est un grand maître, on s'est mis à crier de même. Le rédacteur de l'*Univers* peut être un digne modèle, sa doctrine est très-pure, mais ses procédés ne conviennent pas à tous les adversaires indistinctement dans un pays comme le nôtre où tout le monde est acquis d'avance aux idées religieuses, où il n'existe pas deux façons d'être catholique. Ses articles contre les libres-penseurs de Paris peuvent avoir ici leur utilité, mais il n'en est pas de même de ceux qu'il a écrits contre les Montalembert, les DeFalloux, les Dupanloup, qui n'ont aucune application à nos luttes. Que l'école de ces derniers soit entachée d'erreur en matières religieuses, c'est possible ; mais ses doctrines politiques, en général, sont et doivent être celles d'un pays où le peuple souverain se gouverne lui-même Ces tempéraments qu'elle conseille, la nécessité nous les impose envers les protestants ; cette liberté qu'elle indique comme devant sauver l'Eglise, nous l'avons : que nous importe le reste dans la pratique? Et pourquoi nous donner tant de peine pour soulever des disputes qui n'ont pas leur raison d'être ? Car nous sommes unanimes dans la vérité, et les points douteux qui nous divisent ne sont pas et ne peuvent être, à cause de nos conditions spéciales de vie politique, les mêmes que ceux sur lesquels les catholiques d'Europe sont partagés. N'oublions donc pas, de grâce, cette différence essentielle. Admirons tous ces hommes distingués, mais chez eux, et ne nous attachons, pour notre gouverne chez nous, aux idées d'aucun d'entre eux exclusivement. Le moindre inconvénient de cette imitation aveugle est de faire batailler, à la manière de Don Quicnotte, contre des adversaires qui n'existent pas.

On dit qu'il y a des gens qui sont gallicans sans le savoir. Si tel est le cas, vous êtes maladroits en le leur apprenant ; car du même coup vous indiquez la source où ils pourront puiser des autorités nombreuses et respectables à l'appui de celles des erreurs gallicanes que Rome n'a pas encore formellement condamnées. Vous auriez mieux fait de chercher à détruire ces erreurs par le travail lent, mais efficace, des conversations privées, de la prédication et de l'enseignement collégial.

En doublant cette dénonciation d'injures et d'attaques personnelles, on devient plus coupable. Persécuter un honnête homme pour une opinion qu'il n'a pas, c'est le moyen de la lui donner, surtout lorsque le débat se poursuit par la voie des journaux. L'expérience du journalisme démontre qu'une manière de pousser un adversaire à commettre quelque erreur est d'exagérer la vérité contraire. Quand il s'agit d'une question nouvelle et complexe, il est facile à celui qui improvise des articles au jour le jour de tomber en faute en obéissant à une impression mal domptée, et la passion qu'engendre la lutte empêche quelquefois de reconnaître cette faute. On la défend par amour-propre, puis on finit par croire vraiment de bonne foi tout ce qu'on a écrit. Il faut compter avec cette infirmité de certaines natures. A tout contradicteur, on se hâte de donner un nom, d'assigner un parti sans plus y réfléchir ; on se sépare ainsi des gens comme si toute contradiction équivalait à une hostilité.

Mais, au fait, pourquoi serions-nous gallicans ? sous quel prétexte ? Supposons que nous partagions toutes les doctrines du vieux gallicanisme français : quelles occasions, sous notre régime politique, aurions-nous de les enseigner et de les appliquer ? Une seule, celle où les tribunaux seraient saisis de questions mixtes, tenant à la fois au spirituel et au temporel, tel que l'affaire Guibord, par exemple. Et, certes ! ce procès fameux est loin d'avoir révélé l'existence d'un parti gallican en dehors de l'Institut-Canadien. Mais alors prenez-vous-en donc à ces messieurs de l'Institut, et laissez-nous tranquilles.

III.

Non, il n'y point de gallicans dans ce pays. Placé en face d'un pouvoir protestant, le clergé canadien n'a jamais pu songer à former sous sa tutelle " une Eglise nationale." Il s'est contenté d'affirmer ses droits en vertu du Traité de Cession, et plus tard lorsqu'il a demandé des réformes, il s'est adressé au peuple souverain, au parlement libre. Le principe de la liberté religieuse et de la protection légale à tous les cultes nous étant concédé par l'Angleterre, l'Eglise ne doit rien aux faveurs de l'Etat, elle doit tout à sa justice. C'est pourquoi notre point d'appui est toujours resté à Rome, et aujourd'hui aucun pays plus que le Canada français n'est en étroite communion avec le Saint-Siége, ce que l'on peut voir en jetant un coup d'œil sur notre Code Civil. C'est ainsi, d'ailleurs, on le sait, qu'en a jugé un éminent Docteur romain. (*)

(*) " Le Code Civil du Bas-Canada ne doit pas être mis sur le même rang que ceux qui, dans ces temps modernes, ont obtenu force de loi chez la plupart des peuples de l'Europe et d'ailleurs, et qui ne sont qu'une imitation, pour ne pas dire une reproduction pure et simple, du Code napoléonien. Il diffère, en effet, sur une foule de points, de tous les Codes de cette civilisation toute nouvelle, et dans sa forme, qui est meilleure, et dans son fond, qui est resté exempt de la plupart de leurs erreurs. Aucun des Codes que nous venons de dire ne s'attache à la doctrine et à la discipline de l'Eglise catholique, ou du moins ne les respecte à l'égal de celui-ci..

" La raison de la différence que l'on remarque entre les Codes modernes et celui du Canada, se trouve dans le fait que les premiers, rejetant les anciennes lois qui consacraient le principe de l'union de l'Eglise et de l'Etat, s'inspirant de l'erreur de l'indifférence en Religion, ou de la haîne contre l'Eglise catholique, formulèrent aux nations un droit civil nouveau. Le Code canadien, au contraire, a retenu l'ancienne législation du pays, à quelques changements près, et respecté les mœurs et coutumes du peuple. Si donc on en effaçait les quelques taches qui s'y trouvent, il pourrait être regardé comme un bon Code d'une nation catholique, en faisant, bien entendu, la part du fait que cette législation est celle d'un peuple mixte en religion, comme c'est aujourd'hui le cas en Canada."—*Observations critiques sur le Code Civil du Bas-Canada*, par Philippe C. de Angelis, professeur de droit canon à l'Université de Rome.

Cette traduction est signée par M. I. Gravel, prêtre, et c'est celle que Mgr. Bourget a fournie à son clergé. La dernière phrase citée se lit ainsi dans l'original : " Paucis proinde damptis posset hic reteneri ut bonus codex catholicæ gentis, nisi quod respiciat populum mixtæ Religionis, quæ est actualis Regionis conditio."

† " Notre devoir serait maintenant d'indiquer à quel moyen il faudrait recourir pour faire disparaître du Code ces dispositions contre le droit. Il n'est cependant pas à croire que l'on puisse arriver là en proposant que les articles susdits soient effacés du Code et remplacés par d'autres parfaitement en harmonie avec les canons de l'Eglise. La chose serait désirable, mais probablement n'est pas à espérer. Cependant, ce que l'Eglise ne peut pas obtenir directement, elle l'obtiendra peut-être d'une manière indirecte, et je propose les moyens suivants." (*Idem*)

Cet éminent canoniste, il est vrai, a trouvé quelques erreurs dans notre Code, et l'on nous accuse de tenir à ces erreurs ; en quoi nous sommes encore gallicans. La persistance de cette accusation doit nous étonner, car les protestations ont été nombreuses et explicites. Nous ne demandons pas mieux que de mettre nos lois en *parfaite* harmonie avec le droit canon ; nous croyons seulement que la chose est impossible. Ainsi le droit canon veut qu'un prêtre accusé de meurtre soit d'abord dénoncé à l'évêque, qui jugera ensuite s'il doit être livré à la justice civile. Il n'est pas permis d'espérer que le Parlement fera une loi dans ce sens. Ce serait une tyrannie et une monstruosité pour les protestants, qui n'auraient pas confiance en l'impartialité de l'évêque dans le cas où la victime du prêtre assassin serait un de leurs co-religionnaires.

Quant aux défauts réformables de notre Code, nous n'y tenons pas, qu'on nous fasse l'honneur de le croire. Nos lois sont un héritage que nous amendons avec le temps ; mais pour cette réforme nous croyons que la prudence et la patience sont nécessaires, n'oubliant jamais que nous sommes entourés de gens hostiles plus forts que nous si nous les provoquons à une lutte corps à corps, et nous pensons que l'on ferait bien d'imiter la discrétion du Docteur De Angelis, déjà cité, qui ne propose que des moyens *indirec's* d'améliorer nos lois. † L'Eglise du Canada occupe aujourd'hui une belle position ; nous sommes de ceux qui s'imaginent qu'elle n'a pu arriver là que par une tactique sage, et qui veulent la continuation de cette tactique. Nous désirons que les traditions de l'épiscopat sur ce point ne cessent jamais d'être notre règle de conduite à tous ; en rompre la chaîne, ce serait compromettre le succès d'une réforme depuis longtemps commencée, et détruire l'unité du peuple et du clergé, unité absolument essentielle à notre vie nationale.

L'histoire de l'Eglise au Canada depuis la cession est à la fois consolante et instructive pour les amis de la religion et de la liberté. Sous le régime d'une puissance protestante, le Catholicisme semblait ne devoir vivre que de persécutions, ou tout au moins de tracasseries de la part des gouvernements ; nous voyons toutefois que les conditions civiles de son existence se sont améliorées graduellement tous les jours, sans luttes violentes, sans aucun de ces déchirements dont les autres pays ont trop souvent payé les progrès les plus légitimes. L'affranchissement de l'Eglise canadienne, accompli sans secousse par la législation, paraît n'être que le développement des circonstances, le résultat de la force des choses, c'est-à-dire de ce bon sens pratique dont le triomphe constitue le bonheur des peuples libres : c'est l'œuvre du temps, voilà ce qu'on peut dire. En d'autres termes, l'indépendance de l'Eglise dans ce pays est passée dans le domaine des faits à mesure que s'y affermissaient toutes les libertés ; elle n'est, à vrai dire, que le corollaire logique de la liberté politique, mais on n'apprécie pas assez tout ce qu'il a fallu de prudence et de sagesse pour faire accepter cette conséquence dans les lois. L'œuvre de nos hommes d'état a eu du retentissement, parce qu'ils ont conquis d'assaut la liberté constitutionnelle ; celle de l'épiscopat a été moins voyante, parce qu'il a évité les luttes publiques et n'a réussi que par la diplomatie privée. Si l'on excepte Mgr Plessis, qui n'essayait pas d'élargir le cercle de droits reconnus, mais défendait ses positions contre une attaque ouverte à une époque où nous n'étions pas libres, nos évêques se sont toujours abstenus de tout ce qui aurait pu provoquer des résistances ou l'organisation d'un parti contraire, comme par exemple, de publier une liste de leurs griefs et de leurs droits stricts, comprenant bien que, forcés de compter avec la population protestante, le meilleur moyen d'obtenir justice n'était pas de la réclamer avec éclat pleine et entière d'une même fois, mais plutôt de demander de temps à autres certaines réformes, selon que les circonstances paraîtraient favorables. Il y a telle loi qui, évidemment, a dû être suggérée par un évêque, dont le nom cependant est inconnu à l'histoire : tactique modeste, qui a eu plein succès, qui réussirait encore.

Mais le clergé abdiquant ainsi tout rôle politique en matière religieuse, les laïques ont dû leur suppléer quelquefois, soit dans l'enceinte du Parlement pour répondre à des adversaires fanatiques du catholicisme, soit dans la presse pour réfuter les accusations des journaux protestants ou radicaux. Ils ont de la sorte rendu à la cause religieuse des services réels, que le clergé a su reconnaître : d'où est venu un échange de services qui a cimenté l'union entre les prêtres et les citoyens. On comptait les uns sur les autres, on marchait au même but, liberté complète pour la religion et la nationalité, et les uns avaient le mérite des conseils, les autres celui de l'action : de cette communauté de vues, de cette habitude d'appui réciproque, est résulté l'identification du clergé et du peuple, qui a été notre force et notre sauvegarde.

C'est cette harmonie féconde qui est aujourd'hui compromise par nos discussions, par l'abandon partiel de la tactique constante de l'épiscopat, et les choses s'aggraveront certainement si l'on transporte le débat dans l'enceinte de la législature.

IV.

A force de prudence, nous avons réussi à améliorer considérablement nos lois dans le sens religieux : il s'agit de savoir si, par des impatiences, par des réclamations hâtives, en nous divisant sur une question d'opportunité, nous allons paralyser l'ensemble de ce mouvement réparateur qui s'accomplit déjà depuis nombre d'années à la faveur des libertés que la constitution nous garantit.

On nous répond que le véritable catholique ne doit pas transiger avec l'erreur, qu'il doit avoir le courage de proclamer la vérité quand même, arrive que pourra.

La perspective d'être persécuté ou haï pour la vérité a de quoi tenter les cœurs épris du beau et du bien ; mais il n'en est pas question pour le quart-d'heure. Personne ici ne dit à l'Eglise : Abaissez cette barrière, biffez cet article de votre croyance. On dit seulement à des serviteurs trop fougueux : N'allez pas si vite ; en demandant trop à la fois, vous indisposerez les gens et vous n'obtiendrez rien, ou dans tous les cas vous multiplierez les difficultés.

Y a-t-il en ceci rien qui ne soit orthodoxe ? Inflexible sur la théorie, l'Eglise ne dit jamais aux gouvernements : *Tout ou rien ;* elle prend ce qu'ils lui donnent, et réclame ce que la prudence lui permet, si peu que ce soit en certains temps. Les concordats qu'elle signe en sont la preuve. Elle les accepte comme une nécessité pour éviter un plus grand mal. Eh bien ! nous disons dans le même esprit : Tolérez quelques défauts de nos lois, afin de ne point tomber dans le cas de n'en pouvoir corriger aucun.

Non, entre nous la vérité religieuse n'est pas en jeu. Elle est notre propriété commune, placée dans une sphère, à une hauteur d'où nos disputes ne la feront pas descendre. Nos cœurs l'aiment, et si rien pouvait, je ne dis pas détruire, mais simplement émousser cet amour chez nous, ce serait bien l'irritation que doivent produire les personnalités introduites dans le débat par ceux-là qui devraient s'en garder avec le plus de soin ; mais il y a quelque chose de plus fort que le ressentiment chez un honnête homme qui croit et qui espère, c'est le respect de sa croyance et des espérances qu'elle engendre. Et si quelqu'un, de peur de nous pousser trop loin, se préparait à déposer une arme qu'il tient de bonne foi, je lui dirais : Ne craignez point, continuez le combat ; que nous jugions vos coups francs ou déloyaux, nous n'aurons toujours qu'une arme catholique pour les parer. Ce qui nous divise, c'est la meilleure manière de servir la vérité ; c'est déjà trop : mais le danger n'est pas que nous dépassions les limites sacrées, entraînés par le dégoût ou la colère ; il consiste dans le malaise que produisent partout nos discordes, dans l'affaiblissement de nos forces, qui fait la joie de nos ennemis, en leur laissant entrevoir l'heure de la revanche.

Il n'est pas besoin d'être prophète pour prévoir que nous assisterons, dans un avenir assez prochain peut-être, à une réactions anti-cléricale ; en effet, personne n'est la dupe de l'espèce de trève que nos radicaux accordent en ce moment à la religion et à ses ministres. Je conversais un jour avec l'un des plus marquants d'entre eux, et je le félicitais d'un air plus ou moins sérieux de ce que les organes de son parti commençaient à observer la neutralité dans les questions religieuses. " Nous pouvons rester neutres, répondit-il, lorsque vous faites nos affaires. Mangez-vous les uns les autres, nous sommes la galerie. Dans ce que vous appelez le parti catholique, on écrit des choses tellement extravagantes que nous aurons plus tard de longues citations à faire sur les hustings. Vous nous avez fait bien du tort, n'est-ce pas? en exploitant l'*Avenir*, mais nous aurons notre tour."

Ces paroles peuvent faire réfléchir. L'exagération est l'écueil du journaliste, surtout lorsqu'on est dépourvu du talent spécial de rassembler vite ses idées et d'écrire des articles impromptus, et qu'on est obligé cependant d'improviser tous les jours des dissertations sur les sujets les plus difficiles, les plus compliqués, sur la science sociale, sur la théologie. Les exagérations deviennent alors désastreuses. Leur moindre résultat sera de mettre le clergé en suspicion auprès du peuple, auquel on dénoncera ces exagérations commes des abus, non de pouvoir, mais d'influence.

Quelle force aurons-nous pour résister à ces tentatives de *revanche*, si nous nous divisons à l'approche de l'ennemi ? Et quelle responsabilité n'assumons-nous pas en préparant de nos propres mains, par nos imprudences, des armes à nos adversaires ? N'est-ce pas là un plus grand mal que de souffrir, pour un temps, l'imperfection de nos lois ?

Connaissant tous ces dangers, nous devrions pouvoir les éviter. Il suffirait pour cela de savoir se renfermer dans l'obéissance à cette parole souvent citée : *In necessariis unitas, in dubiis libertas, in omnibus charitas.*

Dans les " choses nécessaires," le parti catholique est uni ; il est à peine possible d'admettre qu'on insinue le contraire de bonne foi, tant le fait est frappant. N'a-t-on pas coutume de dire que nous sommes le peuple le plus catholique du monde ?

Dans les " choses douteuses," nous ne sommes pas unis, et, vraiment, ce serait un phénomène si nous l'étions. Mais cette divergence partielle n'empêche pas une entente générale entre gens ralliés par une foi commune ; on peut fort bien différer d'opinion sur une foule de sujets secondaires, sans se diviser dans la conduite de parti, dans l'action publique. Dans tous les groupes politiques les nuances d'opinions sur les questions de détails sont nombreuses et variées, et l'on s'entend tout de même pour marcher d'ensemble. Cet accord n'est-il pas plus facile dans le parti catholique, dont une des maximes est : " liberté dans le doute, charité en toutes choses."

Il y a d'autant plus urgence à s'entendre que les questions douteuses dans le parti catholique sont toujours d'une importance très-grave. Le moindre détail est sérieux chez nous, et s'il nous trouve divisés, cette division a toujours par conséquent des résultats considérables. Nous avons donc besoin plus que les autres de nous consulter avant d'agir, et si de cette consultation ne sortait pas un avis unanime, notre impérieux devoir serait de laisser dormir les difficultés sur lesquelles nous serions partagés, et de travailler pour le reste en commun, par les moyens convenus. Car nos divisions sont un malheur, disons le mot juste, un scandale : or la théologie permet-elle de s'exposer à produire du scandale à propos de choses douteuses, de questions dans lesquelles deux opinions contraires sont licites ? C'est le point à résoudre pour les journaux ecclésiastiques. Nous en appelons à leur conscience éclairée par l'étude.

Il est beau, il est noble d'être sans cesse disposé à proclamer et défendre la vérité quand même ; mais là où l'Eglise permet la discussion, personne n'a le droit d'entreprendre cette mission chevaleresque ; elle n'appartient qu'à notre chef infaillible. A lui de décider ; à nous pour le moment le seul droit d'être charitables et de respecter la liberté d'autrui.

Quoi qu'il en soit, gardons-nous de toute aigreur, car l'irritation est mauvaise conseillère. Cet orage passera, et il faut se préparer à pouvoir en oublier vite les désagréments. Le malheur particulier de toute division intestine, de toute guerre civile, est que ceux mêmes qui prennent les armes pour le meilleur des motifs et qui, n'étant pas les auteurs de la lutte, ne sont pas responsables des maux qu'elle produit, reviennent du combat l'âme chargée d'une grande douleur, songeant qu'ils ont dû faire couler un sang ami : que tout sentiment étranger à cette douleur nous soit interdit. Restons calmes, et continuons à rendre tous les services possibles avec un dévouement inaltérable.

L'Eglise n'est pas une coterie, mais une patrie où les projets particuliers doivent recevoir une sanction commune. La consultation devrait produire l'entente. Entendons-nous donc, surtout avant de paraître devant la législature, et n'engageons le catholicisme dans les agitations sociales que selon la mesure qui se concilie, dans l'intérêt même de son influence et de ses progrès, avec l'état général de la nation canadienne, composée d'éléments si divers. Nous sommes, nous catholiques, un germe de nationalité française et de religion, destiné à produire les plus beaux fruits : que cette semence féconde ne soit plus davantage exposée à tous les vents de la discorde.

10 Septembre, 1871.

Oscar Dunn.